NATE EL GRANDE

SOBRE RUEDAS

Para Dana H. P., la única

Lincoln Peirce

NATE EL GRANDE

SOBRE RUEDAS

NATE EL GRANDE
SOBRE RUEDAS

Originally published in English under the title
BIG NATE ON A ROLL
Author: Lincoln Peirce

The edition published by agreement with HarperCollins Children's Books,
a division of HarperCollins Publishers.

U.S.A. Edition
Lectorum ISBN 978-1-93-303281-8

Printed in the United States of America.

10 9 8 7 6 5 4 3 2 1

Nunca me había fijado en lo sumamente aburrida que es el aula de castigo.

Vale, ya sé que eso no es una primicia. Cualquier aula cuyas actividades principales sean 1) sentarse en silencio con la cabeza pegada a la mesa o 2) escribir cien veces «No haré ruidos vulgares durante el recital de flauta de Mary Ellen Popowski» no puede ser precisamente el colmo de la diversión.

(Por cierto, no estoy aquí por haber hecho ruidos vulgares durante el recital de flauta de Mary Ellen Popowski. Eso fue la semana pasada. ¡Y ni siquiera lo hice a propósito!)

Me refiero a que incluso el aula propiamente dicha es aburrida. En las paredes solo hay dos carteles. Uno dice: «Silencio, por favor» y el otro, por si alguien es demasiado obtuso como para captar el significado del primero, ordena: «No hablar». No es que espere que tengan un televisor ni nada por el estilo, pero ¿tanto les costaría colgar un par de pósters?

¿Se han fijado? Tarda una eternidad en responder. Eso es porque está absorta en la lectura de una de sus novelitas rosas.

—¿Puedo ir un momento al taller de arte?

La señorita Czerwicki levanta una ceja.

—¿Al taller de arte? ¿Para qué?

La ceja vuelve a su sitio.

—Nate —me dice—. Esta escuela no tiene ningún interés en «alegrar el ambiente» del aula de castigo.

—¡Exacto! —le respondo.

Vale. Mejor dejarlo. Me temo que la señorita Czerwicki tiene uno de sus días serios. A veces está un poco más habladora, pero eso solo ocurre cuando estamos solos ella y yo. Hoy hay tres niños más en el aula:

***NOMBRE:** Seth Quincy*
***POR QUÉ ESTÁ AQUÍ:** Un grupo de niños lo han llamado Bombilla y él se ha enfadado tanto que ha perdido los nervios. Personalmente, me parece un buen apodo, pero es solo mi opinión.*

***NOMBRE:** Lee Ann Pfister*
***POR QUÉ ESTÁ AQUÍ:** Ha violado la norma que prohíbe llevar camisetas que dejen el ombligo al aire. Y no solo eso: encima el suyo sobresale.*

***NOMBRE:** Chester Budrick*
***POR QUÉ ESTÁ AQUÍ:** Quería intercambiar el almuerzo con Eric Fleury, pero Eric se ha negado. Así que Chester le ha metido a Eric el perrito caliente por la nariz. ¿Les he dicho que Chester está un poco loco?*

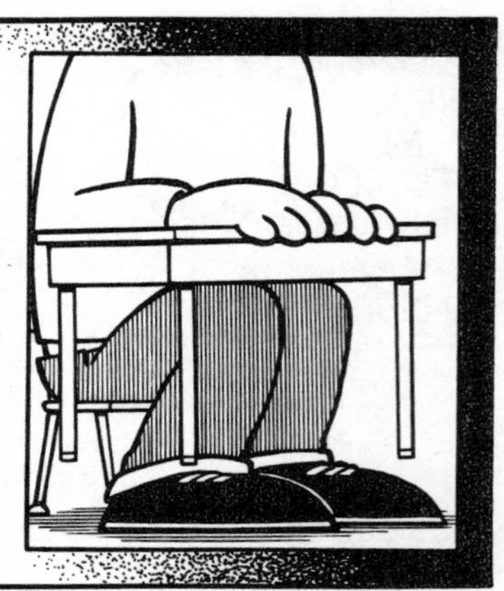

Y luego estoy yo. Supongo que querrán saber cómo he acabado aquí. Pues yo también. Yo no he tenido la culpa. Ni de LEJOS. Ha sido culpa de ARTUR. Y, como siempre, yo me he ganado un castigo y a Artur, alias señor Suertudo, ¡no le ha pasado absolutamente nada! Es una historia muy larga.

¡EL CÓMIC DE LA VIDA REAL!
¡SOY EL PROTAGONISTA!
¡DRAMA de verdad! ¡ACCIÓN de verdad!
Todo empezó ayer después de la escuela...
Señor Rosa →
¡Ah! ¡NATE! ¡Justo a quien andaba buscando!
¿A MÍ?
¡Estoy buscando voluntarios para pintar el DECORADO de la obra de la escuela!
¿Nos puedes ayudar?
¡Claro!
¡Sígueme!
¡Obviamente, el señor Rosa me ha elegido por mis EXTRAORDINARIAS DOTES ARTÍSTICAS!
NO TAN DEPRISA, NATE... ¡AHORA VERÁS!
A B C D E F G H I J K L M N O P Q R S T U V W X Y Z
(Nota: ¡No pierdan este CÓDIGO SECRETO!)

¡Para esta parte del proyecto se necesitan dos personas!
¿Dos personas? ¿Usted y yo?
No, me refiero a ti y a...
¡...ARTUR!
MÚSICA SINIESTRA
¡PAT! ¡PAT!
¡Artur, como eres tan MARAVILLOSO, TE dejaré pintar las montañas y las nubes!
¡Vale! ¡Muchas gracias le doy para usted!
El «encantador» español de Artur
AZUL

Y NATE, TÚ...
¿SÍ? ¿SÍ?
¡... LE SUJETARÁS LA ESCALERA A ARTUR!
¿QUÉ?
¡Vale, Nate! ¡Ahora mismo yo subir!
Oh, ¿no les parece adorable su forma de hablar?
¡ES TAN MONO!
flop flop
Vaya birria.
AZUL
DRIP
DRIP
¡EH!

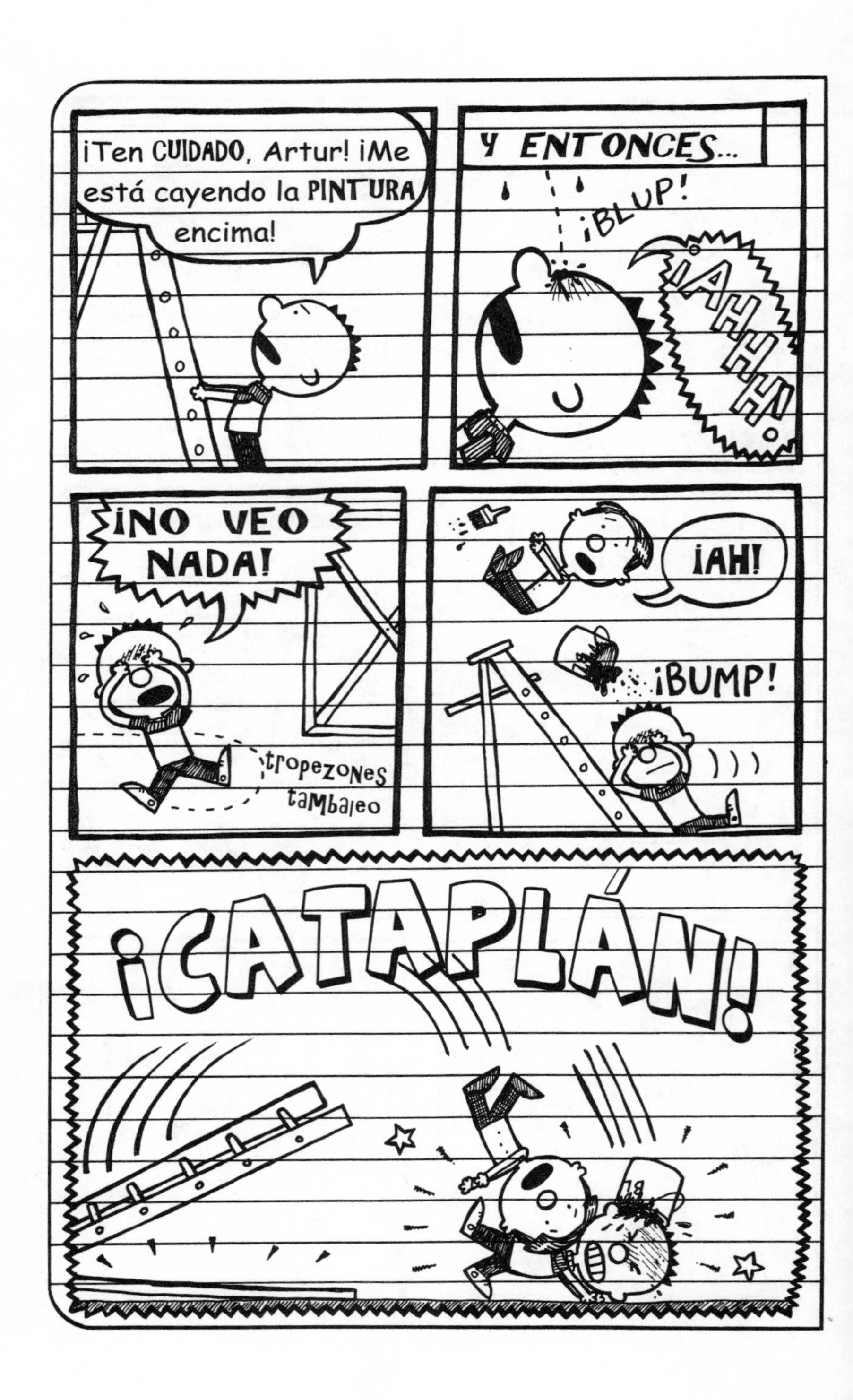
¡Ten CUIDADO, Artur! ¡Me está cayendo la PINTURA encima!
Y ENTONCES...
¡BLUP!
¡AHHH!
¡NO VEO NADA!
tropezones
tambaleo
¡AH!
¡BUMP!
¡CATAPLÁN!

¡MADRE MÍA!
ARTUR, ¿estás bien?
¿ARTUR está bien?
¡Nate, se SUPONÍA que DEBÍAS sujetar la ESCALERA!
Y LO HE HECHO, PERO...
¡Artur podría haberse hecho mucho daño! ¡Ha caído de mucha altura!
Tal vez si te CASTIGO aprenderás la LECCIÓN.
! !
Ric
Rac
Ya me SÉ la lección: ¡ARTUR SIEMPRE GANA!
FIN

Es cierto: siempre gana. Afrontémoslo: Artur lo tiene todo de su parte. Es amable y listo, y prácticamente lo hace todo bien. Todos los profesores lo adoran, y los niños, también. Eh, incluso yo creo que es un tipo increíble, y eso que no me cae bien.

¿Quieren saber lo que también es un fastidio? Como estoy castigado, lo cual, dejémoslo claro, ha sido por culpa de Artur, voy a llegar tarde a mi reunión de los Timber Scouts.

Sí. Soy un miembro de los Scouts. Antes no quería saber nada de ellos, porque cada vez que Francis y Teddy volvían de una de sus acampadas con los Timber Scouts, regresaban enfermos del estómago. O cosas peores.

Pero al final me convencieron para que lo probara. No es tan malo como creía. Tiene sus puntos flacos, pero están compensados por la parte buena. Como el uniforme. El uniforme es genial.

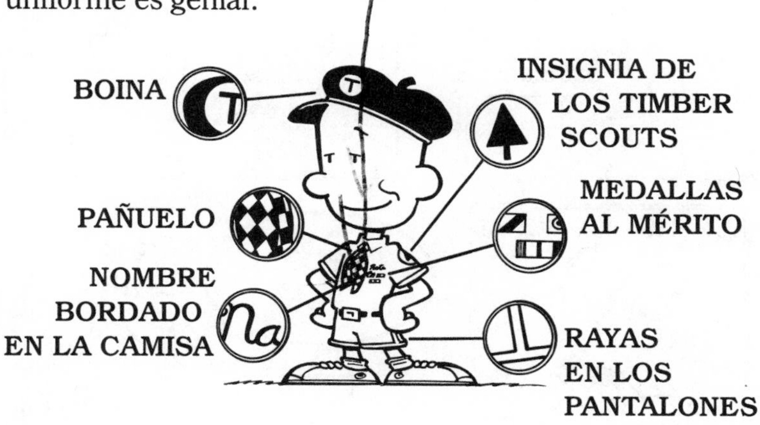

Incluso la boina es moderna. Tengo que admitirlo: antes de unirme a los Timber Scouts, creía que las únicas personas que llevaban boina eran los franceses y los mimos.

Total, que la dichosa reunión ya debe de haber empezado. Tal vez consiga llegar a la segunda parte. ¡TAL VEZ...!

¡POR FIN! Salto de la silla como un cohete, vuelo por el pasillo hasta mi taquilla, recojo mi uniforme y me meto en el baño para cambiarme. Treinta segundos y…

El padre de Teddy es nuestro monitor, así que siempre celebramos las reuniones en su casa. Está a unos quince minutos de la escuela a pie...

Me abrocho bien el casco y salgo disparado. Recorro Haywood Avenue como una exhalación, doblo en Pepper Street y me dispongo a cruzar el puente sobre el río Beard, que más que un río es una combinación de fango y desechos.

Veo a una mujer con un perro algo más adelante. Tal vez «perro» no es la palabra adecuada. Es un caniche miniatura que parece una rata a la que alguien ha pegado unas bolitas de algodón. Y me pregunto: para tener un perro como ese, ¿no es mejor conformarse con un GATO?

Cuando me oye acercarme, la mujer se mueve rápidamente hacia la izquierda, pero el perro decide correr justo hacia el otro lado. Antes de tener tiempo de frenar, veo la correa a la altura de mis ojos, atravesando la acera como un cable amenazador, y mi monopatín avanza hacia ella a toda velocidad.

¡BAAAM!

Tras el impacto, acabo aterrizando en el suelo sobre mi mochila. Esta es la buena noticia. La mala es que mi monopatín sigue su camino, pasa por debajo de la barandilla del puente, se precipita al vacío...

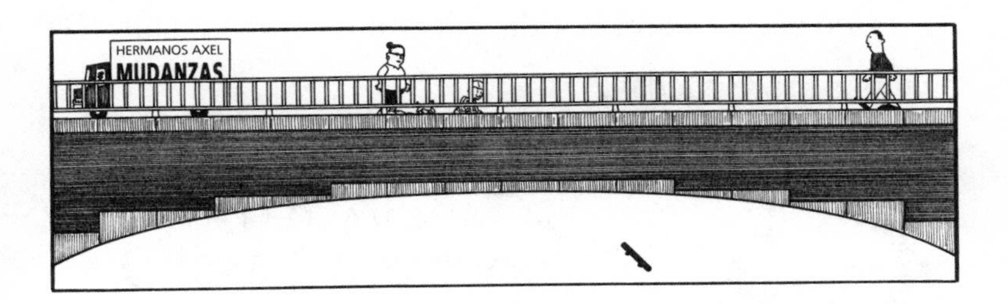

y se sumerge en el agua aceitosa. ¡Adiós, monopatín!

El perro no para de ladrar, la mujer no para de hablar y un par de coches han reducido la marcha para curiosear. Pero yo estoy como ausente, ajeno a todo. Creo que he entrado en un estado de shock: lo único que puedo hacer es seguir mirando las ondulaciones del agua que se ha tragado a mi monopatín. Para siempre.

Me quito el casco con fastidio y lo meto en mi mochila. Se acabó ir sobre ruedas.

Todo este desastre es fruto de una reacción en cadena que ha empezado con Artur. Si no me hubiera caído esa gota de pintura en la cara, 1) no habría golpeado la escalera, 2) no me habrían castigado, 3) no habría salido con retraso para acudir a mi reunión con los Timber Scouts, 4) no habría ido a casa de Teddy en monopatín, 5) no habría chocado contra esa mujer y su perro y 6) mi monopatín no se habría hundido en el río. ¿Lo ven? Todo encaja. Gracias, Artur.

Tardo un rato, pero al final llego a casa de Teddy. Él y Francis me esperan sentados en los escalones de la entrada.

—¿Ah, sí? —musito. La verdad es que a estas alturas estoy tan cansado que ya ni me importa.

—Y... —dice Francis con una sonrisa de oreja a oreja— ¡nuestra tropa tiene muy buenas noticias!

¿Muy buenas noticias? Al oírlo me animo un poco.

—¡Se ha incorporado un nuevo miembro! —anuncia Teddy.

Francis imita el sonido retumbante de tambores. Y Teddy aporta el efecto sonoro de una multitud emocionada. La puerta se abre y...

¿¿A ESO le llaman buenas noticias??

CAPÍTULO 2

—¿Cómo queda en mí el disfraz, chicos? —pregunta.

¿¿DISFRAZ?? ¡Es un UNIFORME, tonto!

—Te queda genial, Artur —dice Francis.

Vale. Por SUPUESTO que le queda genial. ¿Cómo no iba a quedarle genial? Al fin y al cabo...

—¿Por qué pones esa cara tan rara? —me pregunta Teddy.

—Tal vez que tiene gases —sugiere Artur.

—Me sabe mal haberme perdido la reunión, eso es todo.

Nadie dice una palabra. Eh, por mí perfecto. Nada de lo que puedan decir me hará sentir mejor.

¡Excepto ESO!

—Eh... Un momento —dice Teddy—. Creo que ya no quedan.

¿Ah, sí? ¿Así que el señor Maravilloso se ha quedado con lo que debería haber sido MÍO? ¡GENIAL!

—Lo siento —dice Teddy con un hilo de voz.

Eh, no pasa nada. Solo me moriré de hambre, eso es todo. Además, una galleta no puede arreglar mi VERDADERO problema: he perdido la oportunidad de conseguir la medalla al mérito por la asistencia.

En los Timber Scouts, hay medallas al mérito para todo. Aquí tienen una lista de las que he ganado hasta ahora:

ECHAR UNA MANO:

Para ganar esta medalla se supone que debes hacer una buena obra sin que te paguen ni nada. Así que yo cuidé de Spitsy, el perro del vecino, mientras el señor Eustis estaba en Búfalo, en un festival de polca.

Resulta que Spitsy pilló un virus intestinal esa semana. No me extraña que el señor Eustis se fuera de la ciudad.

PRIMEROS AUXILIOS:

Lo más difícil no fue practicar la reanimación cardiopulmonar, descubrir cómo entablillar una pierna o hacer un montón de torniquetes. Lo más difícil fue hacerle la maniobra de Heimlich a Chad.

ARTES Y MANUALIDADES:

Esta es la medalla más fácil de ganar, **DE LEJOS**. Lo único que tienes que hacer es pasarte diez horas trabajando en algún proyecto de arte.

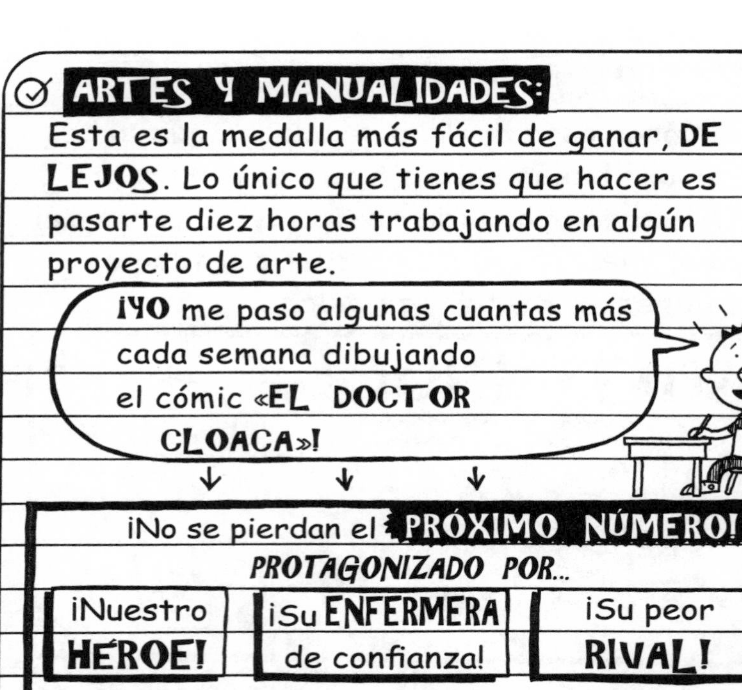

MEDALLAS QUE ESTOY A PUNTO DE GANAR:

A la ciudadanía, el tiro al arco, el dominio de los nudos, la natación y hablar en público.

MEDALLAS QUE NO QUIERO GANAR:

A la nutrición (porque tendría que dejar de comer ganchitos), al dominio de la trompeta, a la taxidermia, al corte y confección y al claqué.

Bueno, dejen que vuelva al tema de la medalla a la asistencia. Para ganar una, tienes que estar presente en todas y cada una de las reuniones semanales durante seis meses (aunque solo sea a una PARTE de la reunión). El padre de Teddy siempre nos lo explica así:

Seis meses son veintiséis reuniones seguidas. Y ahora viene lo fuerte: la de hoy habría sido la reunión número veintiséis.

—¡Ah! —dice Artur señalando un coche que se detiene junto al jardín de la casa de Teddy—. ¡Ahí está mi madre!

Nos hace un gesto con la mano a mí y a Francis y exclama:

—¡Vamos, suban! ¡Los llevaremos a casa!

—No, gracias. Prefiero ir andando —digo enseguida.

Sería genial ir en coche. Si ARTUR no estuviera en él.

El bueno de Francis.

Nos despedimos de Teddy y emprendemos el camino de vuelta a casa. Francis vive justo al lado de mi casa, así que hacemos el mismo recorrido.

—¿Dónde está tu monopatín?—me pregunta al cabo de un rato—. ¿No lo habías llevado a la escuela?

Ya está bien de preguntas. No es que quiera ser desagradable. Es solo que ahora mismo no me apetece hablar de eso.

—Bueno, ¿qué te parece si jugamos un poco al *A ver si lo sabes*?

Suelto un sonoro gemido, pero es demasiado tarde. Ya ha sacado el dichoso libro y lo está hojeando con un brillo desquiciado en la mirada.

—¿Listo? —pregunta.

—No —respondo. Eh, debo ser honesto.

—Prueba con otra pregunta —le digo—. Esa es demasiado fácil.

—Está bien —dice, aclarándose la garganta—. ¿Qué astrofísico fue responsable de...?

—Solo bromeaba, Einstein —le digo.

—Bueno, básicamente se ha hablado de cómo recaudar fondos —dice.

—Son tapices para colgar en la pared en los que hay bordado algún mensaje —me explica—. Mira.

Me entrega un folleto y le echo una mirada. Vale, ¿es una BROMA, no?

—Son bastante malos —admite Francis.

¡SÉ
FELIZ!

LA MEJOR ABUELA
DEL MUNDO

¡AGUANTA!

¡SIGUE TU ARCO IRIS!

EL AMOR ES...
COMPARTIR

EN FOCA
TU VIDA

¿QUIÉN, YO?

¡NECESITO
UN ABRAZO!

Ya he vendido cosas puerta por puerta, pero nunca algo tan penoso. Estos Mensatapices acabarán en mi lista de…

PEOR
3 NÚMEROS DE LOTERÍA PARA LA LIGA INFANTIL
¡EH! ¡TÚ eres el que pasó con la bicicleta por encima de mis CANTEROS!
AUTÉNTICA PESADILLA
2 VELAS AROMÁTICAS PARA EL EQUIPO DE FÚTBOL
¡AAAAH! ¡SOY ALÉRGICA A LA CERA!
¡LLAMA A URGENCIAS!
«Bruma marina»
PESADILLA HORRIBLE
1 REVISTAS PARA EL EQUIPO DE AJEDREZ
(Nota: ¡no llamen a ningún timbre sin saber ANTES DÓNDE viven los profesores!)
NO, no quiero suscribirme a la revista.
Pero, ya que estás AQUÍ, pasa dentro, ¡te daré una clase PARTICULAR!

—Oye, ¿y por qué tenemos que recaudar fondos? —pregunto con un gruñido.

—Eso solo cubre los uniformes —explica—. Necesitamos dinero extra para mejorar el equipo de acampada.

—Pues no vamos a recaudar mucho vendiendo ESTA porquería —digo soltando un bufido.

—Vas a necesitar argumentos de venta mejores si quieres llevarte alguno de los premios —me dice Francis frunciendo el ceño.

—Hay un primer, un segundo y un tercer premios para los scouts que vendan más tapices —me explica pacientemente—. Y son premios muy BUENOS, porque no somos la única tropa que recauda fondos...

Francis pega un salto: —¡Mi alarma! —exclama.

—¡Espera! ¡Francis! ¿En qué consisten esos premios?

—¡Están en el reverso del folleto que te he dado! —me grita mientras se aleja a toda prisa—. ¡Nos vemos luego!

Le doy la vuelta al folleto.

¿Un juego para construir mi propio robot? Eso no es para mí, a no ser que el robot vaya a hacerme los deberes de sociales.

No, gracias. Los telescopios son un auténtico timo. Siempre te dicen: «¡Explora la galaxia!», pero cuando tratas de descubrir algo, lo único que ves es el reflejo de tu propio ojo.

Y el gran premio es…

El corazón se me acelera. De pronto, vender esos tapices penosos me parece una empresa realmente interesante. Ahora tengo un OBJETIVO por el que trabajar. Ahora estoy MOTIVADO.

¡Por un premio como ESTE sería capaz de vender CUALQUIER COSA!

—¡Prepárense para quedar segundos, chicos! —les digo a Francis y a Teddy a la mañana siguiente cuando me los encuentro camino de la escuela.

—Un momento —dice Francis—. ¡Ayer no parabas de decir que esas cosas eran HORRENDAS!

—Y lo SON —admito.

Francis me dedica una de sus miradas.

—Y... ¿exactamente qué es eso del «encanto irresistible de Nate Wright»?

—Esa pregunta nos la hacemos MUCHOS —dice Teddy.

—No reconocerían el encanto aunque les diera en la cabeza, par de payasos —les grito.

Lo cual, ahora que lo pienso, me parece una buena idea.

—¡Eh! Que de nosotros no tienes que preocuparte —me aclara Francis.

—¿Artur? —repito—. ¿Qué quieres decir?

—Ayer, en la reunión, se emocionó bastante con eso de la recaudación de fondos —explica Francis.

—Sí —coincide Teddy—. Está muy interesado en ganar ese monopatín.

¿Monopatín? ¿¿Mi monopatín??

—Estoy convencido de que Artur es un buen vendedor —dice Francis.

Genial. Ya lo estoy viendo.

Puede que exagere un poco, pero solo un poco. Los mayores acostumbran a ablandarse cuando Artur está cerca, y les diré por qué: siempre les hace la pelota.

¿Lo ven? Artur conversando animadamente con el señor Galvin, que no es precisamente el capitán Carisma. ¿Por qué hablar con el señor Galvin cuando no se TIENE necesidad? Artur es el mayor pelota de la escuela.

Corrección: Artur es el SEGUNDO mayor pelota de la escuela. GINA lo supera.

Y les diré lo que me repatea: les FUNCIONA. Me refiero a lo de hacer la pelota. Los profesores caen de cuatro patas. Siempre están: que si Artur ESTO, que si Gina LO OTRO. Artur y Gina. Gina y Artur.

Un momento. Eh... ¡EH!

Acabo de tener una idea genial, ¡casi se me caen los pantalones!

¿Cómo no se me había ocurrido ANTES? Son tan parecidos. Son el rey y la reina del cuadro de honor, nunca se meten en problemas y los dos son como un grano en el trasero. Así que ¿a qué estamos ESPERANDO? ¡Vamos a emparejar a esos dos tortolitos!

Solo hay un pequeño problema:

Artur ya sale con Jenny.

No me pregunten por qué. Cualquiera con dos dedos de frente ve que yo soy infinitamente mejor para Jenny que Artur. La verdad, no me llega a la suela de los zapatos.

NATE (¡UAU!)	vs. Artur (¡BAH!)
• Súper musculoso	• Consistencia gelatinosa
• Cabello a la moda y en punta	• Cabello aplastado y grasiento
Aura de seguridad	Aura de coliflor
Puro hierro	Puro alambre
• Atleta de primera (fútbol, básquet, etc.)	• Va a clases de bailes de salón
• Hombre de mundo	• Ratón de biblioteca
• Sentido del humor hilarante	• No sabe contar ni el chiste más tonto
• Nacido para triunfar	• Nacido para el montón

Además, yo conozco a Jenny desde hace mucho más tiempo que ARTUR. Y justo cuando yo estaba empezando a gustarle, Artur tuvo que mudarse a la ciudad. ¡No hay DERECHO!

Pero volvamos a mi brillante idea: ¿y si pudiera convencer a Artur de que él y Gina son almas gemelas? Entonces dejaría a Jenny...

Uf. Planchado por mi propia taquilla. Qué vergüenza. Menos mal que Jenny no estaba cerca.

—Nate —dice una voz.

¿No me digas? Gracias por aclarármelo, Artur. ¡Eres tan CONSIDERADO!

Vuelvo a meterlo todo en su sitio y me apresuro para llegar a tiempo a clase. Eso es crucial: no puedo permitirme que me castiguen de nuevo. Hoy no. Necesito estar libre después de la escuela...

Así que me convierto en Don Buen Comportamiento. Cuando la señorita Godfrey necesita un voluntario, yo levanto la mano. Cuando el señor Clarke hace una pregunta, yo contesto.

Cuando el señor Staples cuenta uno de sus horribles chistes, me río. En resumen: me paso todo el día comportándome como Artur.

Me desprecio a mí mismo.

Pero funciona. Consigo llegar a clase de ciencias, la última del día, sin haberme ganado ni un solo castigo. Solo faltan cuarenta y cinco minutos para terminar.

El señor Galvin empieza a hablar en su tono de zángano, e inevitablemente mi cerebro pone el piloto automático. No puedo evitar pensar en el gran premio, el monopatín. Es MUCHO mejor que el que se me cayó al río.

Apuesto a que cuesta diez veces más ¡Y está PERSONALIZADO!

Oigo algo detrás de mí. Me vuelvo, y ahí está Gina, espiando por encima de mi hombro. Cierro mi libreta de un golpe, pero ya es demasiado tarde. Levanta su brazo en el aire triunfalmente.

Miro a Gina desconcertado. Pero ¿de qué me extraño? Esa es la razón de su existencia. Me dedica una sonrisa diabólica.

—Entrégame tu libreta, Nate —dice el señor Galvin.

Jovencito. Cuando te llaman jovencito, suele ser garantía de que van a castigarte. A no ser que ocurra un milagro. A no ser que intentes algo completamente radical.

Como decir la verdad.

—Un momento —me interrumpe el señor Galvin levantándose de la silla.

Trago saliva. ¿Cómo es posible que decir la verdad EMPEORE las cosas? Todo el mundo me está mirando entre susurros mientras sigo al señor Galvin fuera de clase. El sonido de la puerta al cerrarse resuena por los pasillos. ¿Qué pensará hacerme?

Durante un instante interminable, no hace absolutamente nada. Me arden las orejas. Tengo las palmas de las manos empapadas en sudor. Finalmente, se aclara la garganta.

—Jovencito —me dice el señor Galvin con gravedad—, tú y yo vamos a tener una pequeña charla…

CAPÍTULO 4

—Has dicho que eras un scout, ¿verdad?

¿Adónde quiere ir a parar?

—Psí... —contesto hecho un manojo de nervios—. De los Timber Scouts.

—Sí, señor —me apresuro a responder.

—Voy a contarte un secreto, Nate —dice el señor Galvin.

¿Está... SONRIENDO? El viejo cara de fósil no sonríe NUNCA. Tal vez se le mueva la dentadura; es escalofriante.

Ups. No debería haberme mostrado tan sorprendido. Pero es que resulta difícil creer que el señor Galvin haya sido scout alguna vez. O incluso niño.

—En mi época también teníamos que recaudar dinero —prosigue.

¿Que si me lo puedo creer? Hombre, pero ¡si ni siquiera sé lo que es un chanclo!

—Y ahora escúchame bien, Nate —me dice, de nuevo con su expresión de Señor Gravedad—. No apruebo que nadie dibuje durante mis clases...

¿En serio? ¡Uau! Esto es como una de esas películas tontas en las que, de pronto, uno se da cuenta de que:

... Y entonces dice:

Pero exactamente tres segundos y medio más tarde...

Está bien. Está claro que esto NO ES una película. Será mejor que vuelva a mi sitio y finja estar muy ocupado. El señor Galvin BUENO se ha esfumado. Saluden a su gemelo malvado.

El día termina de maravilla: le digo a Gina que me he librado del castigo. ¡JA!

Y hablando de Gina... ¿Recuerdan mi idea? ¿La de conseguir que Gina y Artur se hagan novios?

—¡Ah! —dice Artur—. ¡Hola, Nate!

Eso, hola. Se acabaron los preámbulos: vayamos al grano.

—Oye, Artur, amigo mío —le digo.

—¿Eh? —dice Artur—. ¿Qué pasa con ella?

—Bueno... Está bastante bien, ¿no crees?

Artur parece confundido.

—¿Por qué lo dices? —pregunta.

Vamos, Artur, échame un cable. ¡Con ESA actitud no voy a conseguir que tú y Gina sean novios!

—Tiene muchas cosas positivas —le digo—. Es lista, es... mmm... veamos... es...

Lo siento. Me he atragantado.

Artur asiente con la cabeza.

—Mmm —dice—. Sí, creo que entender lo que tratas de decir.

¿En serio? ¡Uau! ¡Debo de ser más convincente de lo que creía! ¿¿De veras Artur podría tragarse ese rollo??

Justo cuando estoy a punto de cerrar el trato...

¿De visita? ¡Genial! Si Artur está de VISITA toda la tarde, ¡no podrá dedicarse a RECAUDAR FONDOS! No debo olvidar lo que Francis ha dicho esta mañana:

Esta es mi oportunidad de ganarle. Me voy volando a casa, me pongo el uniforme y agarro todo lo que necesito:

Y luego tengo mi arma secreta: ¡soy un Timber Scout! La gente no puede resistirse a los hombres con uniforme. ¿Quién va a negarse a ayudar a un grupo de scouts que quieren mejorar su equipo de acampada?

Solo espero que nuestra próxima excursión sea mejor que la ÚLTIMA.

Y entonces...
Parque Natural Mount Nicnack
Muy bien, chicos. YO me encargaré de un grupo...
¡... y el PADRE DE NATE, del otro!
¡Hola, chicos!
YO ♡ LA NATURALEZA
¡Muy bien, scouts, ¡VAMOS A LA CIMA!
CIMA
DIOS, ¡menuda pendiente tiene esta montaña!
¡Aún no hemos llegado A LA montaña!
Esto es el CAMINO DE ACCESO desde el APARCAMIENTO.
Sí. Ya lo sabía.
YO ♡ LA NATURALEZA

POR FIN...
¿Dónde se habían METIDO? ¡Hace una HORA que los esperamos!
Hemos parado varias veces para que el padre de Nate pudiera descansar.
¡BUF, BUF!
¡Menuda VISTA!
¿Me pasas los prismáticos, papá?
Ups. Creo que me los he dejado en el coche.
¡PAF!
Síganme, chicos. Este camino nos conducirá a nuestro campamento.
¡HOP...! ¡UN...! ¡DOS...! ¡TRES...! ¡CUATRO!

MÁS TARDE...
Lo siento. Nos hemos retrasado porque me he caído en el río.
Dos veces.
¡Encenderemos un fuego y podrá calentarse!
¡VAMOS A ELLO, CHICOS!
YO LA NAT
Está anocheciendo.
Vamos a montar las tiendas.
¡GRRZZOWL!
¿QUÉ HA SIDO ESO?
¡GRRZZONNK!
¡Es un LOBO!
¡Es un OSO!
¡Tranquilos, chicos, TRANQUILOS!

¡No es más que el PADRE DE NATE!
¡GZZRR!
AL día siguiente...
¡Ah, nada mejor que un desayuno a base de FRUTOS SECOS!
crunch
crunch
slurp
¡Eh! ¡HOLA, comadreja! ¿Quieres unas avellanas?
¡PAPÁ! ¡ESO NO ES UNA COMADREJA!
¡YIP!
Mofeta
¡FSSSST!

Y apestamos para toda la vida. O al menos durante el resto del día. Cuesta mucho quitarse de encima el hedor de una mofeta. Después de eso, le pedí a papá que nunca volviera a presentarse como padre voluntario.

Me encamino a la casa del señor Eustis. Probablemente CREE que no necesita uno de esos tapices. Pero yo lo convenceré. Deja que oiga mis argumentos de venta.

—Lo siento, Nate —dice el señor Eustis acercándose a la carrera—. ¡Ya sabes que Spitsy te adora!

¿Sí? También le gusta mearse en los árboles y lamerse durante horas, así que me perdonará si no me siento halagado.

—¿Querías verme? —pregunta el señor Eustis.

El señor Eustis ha sido fácil de convencer. Tal vez se siente mal porque Spitsy me ha recibido con un placaje, pero el caso es que me ha comprado un tapiz.

Escribo su nombre y dirección en mi libreta. Ocho dólares para los Timber Scouts. Y, lo que es más importante...

A partir de aquí la cosa se pone más difícil. Por alguna razón, a las cuatro de la tarde no encuentro prácticamente a nadie en casa. Y los que sí ESTÁN ya han aportado dinero para apoyar al equipo excursionista, al Grupo de Bolos, o a la Sociedad de Punto de Cruz para Zurdos.

Y luego hay gente realmente rara.

Pero yo sigo insistiendo. Al cabo de un par de horas, he vendido cinco Mensatapices. ¡Eso son cuarenta dólares!

Hago mis cálculos. Tenemos dos semanas para recaudar el dinero. Si vendo cinco tapices al día, en dos semanas...

¿Les había dicho que odio las matemáticas?

La cuestión es que, si mantengo este ritmo, ganaré un montón de dinero para los Timber Scouts. Y ESTARÉ por ENCIMA de...

¡ARTUR!
MENSATAPICES

5

Me ve avanzar por el sendero. El sendero de MI casa.

¿Me toma el pelo? ¿Qué espera que haga: que le dé el apretón de manos secreto de los Timber Scouts? Ni siquiera TENEMOS un apretón de manos secreto. Además, ¿qué está HACIENDO aquí?

—Sí, EXACTO —dice un tanto desconcertado—. Como TÚ, Nate. Estoy de visita.

¿De visita? ¡De VISITA!

—Ah —dice—. Vale.

Vaya. Yo pensando que Artur estaba PASANDO LA TARDE en casa de alguien, y resulta que estaba vendiéndole Mensatapices a mi PADRE. A esto le llamo yo jugar sucio.

—Me voy a casa mía —dice—. Hasta luego, Nate.

—Un momento, Artur.

Tengo que preguntárselo. En realidad no quiero saberlo. Pero lo cierto es que NECESITO saberlo.

—Oh, no muchos —dice moviendo la mano con despreocupación.

¿Veinte? ¿Ha dicho VEINTE? ¡Es IMPOSIBLE! ¡Nadie puede vender veinte dichosos tapices en dos horas!

Y entonces papá aparece detrás de mí.

Les diré algo sobre mi padre: tiene el don de la oportunidad. Siempre encuentra el peor momento para soltar uno de sus estúpidos comentarios.

Así que ahí me tienen, con un humor de perros porque su alteza ha vendido CUATRO VECES más Mensatapices que yo... y entonces mi padre me suelta la siguiente bomba:

Ya estamos. Don No-Tengo-Tacto ha presionado el botón que no debía. Un momento y a taparse los oídos. Estoy a punto de cantarle las cuarenta.

Solo que al parecer papá aún no ha terminado.

—Ha sido todo un detalle por su parte traernos esos bizcochos —me dice.

¿Qué?

—¿Bizcochos?

—Me ha dicho que no pudiste llegar a tiempo a la merienda que celebraron ayer los scouts —explica papá.

No lo entiendo.

—¿No ha tratado Artur de venderte algún tapiz? —pregunto.

—¿Qué? ¡Pues CLARO que no! —responde papá. Parece algo desconcertado—. ¿Por qué debería haber hecho tal cosa?

Pienso un poco en ello. Supongo que papá tiene razón. Artur NO HARÍA una cosa así.

Bueno, al menos no tengo que gritarle a papá. Lo cual es estupendo, porque si lo hiciera, probablemente me castigaría.

¿Se acuerdan de que mencioné la obra de teatro de la escuela? Este año el Club de Teatro representará *Peter Pan* y hoy es el estreno. Francis, Teddy y yo iremos juntos.

La verdad es que tengo muchas ganas de ir, porque solo he visto *Peter Pan* una vez en mi vida. Papá nos llevó a Ellen y a mí a una especie de producción de teatro de la comunidad. Yo aún estaba en segundo, así que muchos detalles están como borrosos. Pero esto es más o menos lo que recuerdo...

Cuando los actores volaban de un lado a otro, ¡era **EVIDENTE** que había truco! **¡SE VEÍAN LOS CABLES!**

Según el programa, el chico que hacía de Capitán Garfio era un experto clarinetista. Así que me temo que el garfio no era real.

Ellen se pasó toda la obra dándome **LECCIONES**. ¿Acaso alguien la había **NOMBRADO** miss experta en teatro?

Tenía muchos gases y tuve que ir al baño. Me pasé una eternidad allí, así que me perdí la parte central de la obra.

Durante una escena en la que luchaban con la espada, la del Capitán Garfio se partió por la mitad, algo que al parecer no debía pasar. Así que alguien lanzó otra espada al escenario y el Capitán Garfio la atrapó al vuelo y siguió luchando. Y entonces el público aplaudió y papá dijo:

Al cabo de una hora me encontré con Francis y Teddy en el sitio de siempre, y nos fuimos juntos a la escuela.

—Menos mal que compramos las entradas con tiempo —dice Francis.

—¿... Han vendido algún tapiz?

—Cinco —respondo.

—¡Uau! Yo solo he vendido UNO, ¡y a mi abuela! —dice Francis—. ¡Cinco no está nada mal, Nate!

—Lo sé: es terrible —digo—. Me temo que ganar ese monopatín será más difícil de lo que creía.

—Hombre, si no ganas —observa Teddy—, al menos tú ya tienes uno muy bueno.

—Bueno... No exactamente —digo, y les cuento mi horrible historia sobre el caniche, el puente y el hundimiento de mi monopatín. Y reaccionan exactamente como esperas que lo hagan tus mejores amigos.

Francis consigue por fin controlarse y dice en un tono poco convincente:

—Lo siento. No es nada gracioso.

—Nada en absoluto —coincide Teddy riéndose entre dientes.

—Entonces ya tiene algo en común con USTEDES —digo.

La cafetería ya está abarrotada cuando llegamos.

—Vayan a buscar sitio —les digo a Francis y a Teddy—. Yo recojo los programas.

¡Menuda SUERTE! ¡Está SOLA! ¡Artur el lapa no está a la vista! Me pregunto si... ¡EH!

Tal vez la charla que he tenido con Artur sobre GINA ha empezado a surtir efecto. Quizás Artur ha descolgado el teléfono, ha llamado a Jenny y le ha dicho:

Y si soplan vientos de tormenta, seguro que Jenny estará deprimida. Así que necesitará que la anime... ¡¡un servidor!!

Vaya, menudo aguafiestas. Justo cuando estaba a punto de saludar a Jenny, el señor Maravilloso hace su aparición con su diploma al encanto bajo el brazo, su sonrisa resplandeciente y su uniforme de scout...

Un momento. ¿Uniforme de scout?

¿Por qué se ha puesto Artur el uniforme para acudir a la obra de teatro de la escuela? Esto es muy raro.

Pero ahora no tengo tiempo para pensar en eso. Han apagado las luces. La obra va a empezar.

Y la verdad es que está muy bien. Lo único que va mal es la escena del vuelo del primer acto, en la que Michael (alias Chad) casi se carga el decorado. Aunque debo admitir que ha tenido su gracia.

El entreacto llega muy deprisa. Se encienden las luces, y nos levantamos para estirar un poco las piernas.

—Vamos a comer algo —dice Teddy.

Salimos y, justo al doblar la esquina, Francis se detiene de golpe.

—¡Eh, chicos! —exclama sorprendido—. ¡Fíjense en ESTO!

Miro al otro lado del vestíbulo abarrotado de gente y el alma se me cae a los pies. No puedo creer lo que estoy viendo. Ahora lo entiendo. Ahora comprendo por qué Artur se ha puesto el uniforme de scout esta noche.

Creo que no comeré nada.

Ya no tengo apetito.

No presto atención al resto de la obra. No dejo de pensar en Artur y su maniobra.

Bueno, ya que estoy inspirado, lo aprovecharé. ¿Qué tal ESTA otra?

O tal vez...

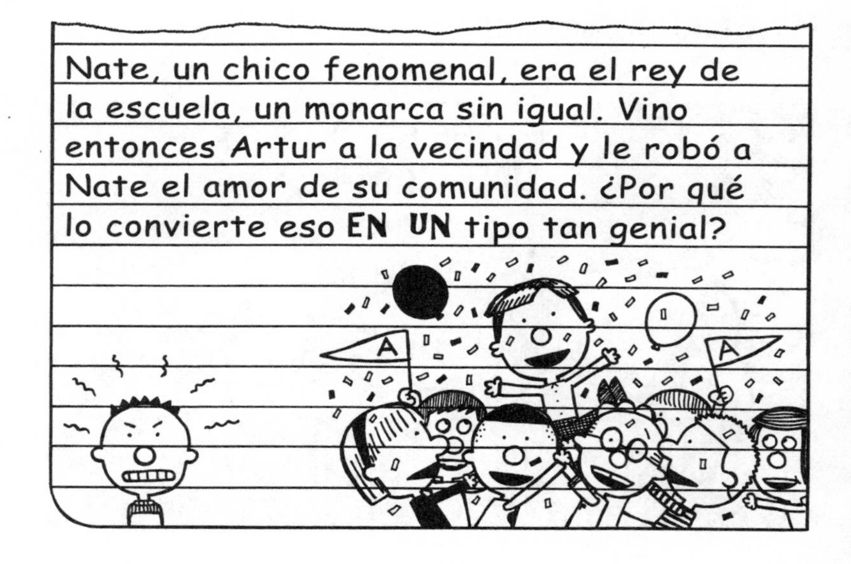

De camino a casa, escribo mentalmente algunos poemas más sobre Artur. Me ayuda a hacer oídos sordos a todo lo que Francis y Teddy van diciendo.

Está bien, chicos. Ya lo he captado, vale ya.

Todo esto apesta. ¡Artur solo lleva UN DÍA siendo miembro de los Timber Scouts! ¿Cómo se las ha arreglado para vender tapices el día del estreno? ¿Por qué tiene privilegios especiales?

Ahora me habrá sacado AÚN MÁS ventaja. Probablemente piensa que ya ha ganado ese monopatín.

¡NO pienso permitir que Artur me venza tan fácilmente! Estoy seguro de que podré vender suficientes Mensatapices para alcanzarlo. ¡Tiene que haber algún modo!

Ya lo tengo: ¡mi hermana!

Ellen trabaja media jornada en el Daffy Burger. Eso explica su vestimenta de muñeco de ventrílocuo... Y también ese montón de dinero que hay encima de la mesa.

—¡Tengo un negocio para proponerte! —le digo paseándole el folleto por delante de su narizota.

—No quiero redecorar mi habitación —dice desganada—. Me gusta tal como está.

Claro, con todos esos peluches y los ídolos de la adolescencia: muy elegante, Ellen. Realmente elegante.

Sigo intentándolo. En realidad, me paso a la súplica.

—Es para una buena causa —le recuerdo—. Por favooooor...

Me dedica una de sus miradas teatrales. Cualquiera diría que le he pedido que me donara un riñón, o algo parecido.

—Excelente elección —le digo, aunque el del unicornio es el más horrendo—. ¿Y cuál más?

Mi hermana entorna los ojos y me suelta:

—¿Cómo dices?

—Bueno... Es que... Esperaba que comprarías más de uno —le digo—. Tal vez tres... o cuatro...

Recoge todo el dinero de encima de la mesa:

—¿Estás loco? Si quieres vender TANTOS tapices...

Yo mismo. Vaya, muchas gracias, Ellen. Eso me ayuda tanto como una pedrada en el ojo. Es... Es...

¡... BRILLANTE!

Déjame que lo reformule: SOY brillante. ¡Mi asombroso cerebro ha ideado un modo de ganar ese monopatín!

Y voy a vender todos esos dichosos tapices a una sola persona:

¿Adivinan cómo lo conseguiré? Esperen un momento: agarro papel y lápiz...

HECHO N.º 2: ¡Hay MONTONES de maneras de conseguir dinero por cuenta PROPIA!
TRABAJO DE JARDINERO
50¢
PUESTO DE LIMONADA
¡BONK!
CANGURO
¡Y ahora COMBINEMOS ambos hechos y recurramos a las matemáticas!
¿Alguien ha dicho «MATEMÁTICAS»?
Señor Staples
HECHO n.º 1
+ HECHO n.º 2
= HECHO N.º 3: Me pasaré las próximas dos semanas ganando tanto dinero como pueda...
¡... y luego me lo gastaré TODO en TAPICES!
«Mensa-tapices»

¿Ven cómo funciona? ¡Así no tendré que perder tiempo tratando de venderle a la gente algo que no quiere! ¡Puedo ganar dinero como más me GUSTE!

—¿Te lo has pasado bien en la obra?

—Sí, ha estado bien —le digo. Excepto por el detalle de Artur. Pero no se lo menciono a mi padre. No lo entendería.

—Me gustaría comprarte algunos, si eso ha de ayudar a la tropa de scouts —me dice.

—Gracias, papá, pero no tienes por qué hacerlo —le explico.

Me mira como si no acabara de creerme. Estoy acostumbrado a esa mirada. Ya se sabe, cuando eres un genio como yo, es algo que debes asumir.

—Bueno, pues entonces buenas noches —me dice—. No te pongas a dibujar cómics, ¿vale? Es tarde.

Tiene razón, es bastante tarde. Pero nunca me voy a dormir sin dibujar algún cómic. Forma parte de mi rutina a la hora de acostarme. Es como cepillarse los dientes, pero más divertido. Y no hace que me sangren las encías.

ULTRA NATE
¡SUPERALUMNO DE SEXTO!
Un buen día...
¡Encantarme ir en bicicleta!
¡A mí también!
Artur→
Jenny→
¡CUIDADO! ¡PENDIENTE PRONUNCIADA!
DE PRONTO...
Pero ¿qué...?
CLIC
CLIC
¡LOS FRENOS NO FUNCIONAN!
CLIC
CLIC
¡¡HAZ algo, Artur!!
No puedo. Aunque la gente cree que ser perfecto, en real soy un gallina.
¡SOCORRO!
F
¿ ?

Mientras...
Gracias por ayudarme a cruzar la calle, jovencito.
No ha sido nada...
¡SOCORRO!
¡Es la voz de JENNY!
Oído superfino
ESTE es un trabajo...
¡... Para ULTRA NATE!
¡RRRIP!
¡Iré al rescate montado en mi NATEPATÍN!
¡ZUM!
¿CONSEGUIRÁ ULTRA NATE LLEGAR A TIEMPO?
¡AAAAAH!
¡MOC!
camión en marcha
JP

¡TE TENGO!
¡MOC!
¡ME HAS SALVADO LA VIDA!
¡Solo he hecho mi trabajo!
¡JENNY! ¿Estás BIEN?
¡SÍ, pero no gracias a TI!
¡ADIÓS, Artur! ¡A partir de ahora, mi novio será ULTRA NATE!
¡Nadie poder competir con ULTRA NATE!
¡Y menos un don nadie como TÚ!
FIN

En un sábado normal, aún estaría durmiendo. Pero hoy no.

—Nate —me dice mi padre cuando bajo a desayunar—, ¿podrías echarme estas cartas al buzón?

Ups. Error. Mi padre me echa su mirada «Ojo saltón».

—Olvídalo —me apresuro a decirle—. Lo haré gratis.

—Cuánta generosidad —me dice sin quitarme los ojos de encima mientras salgo corriendo afuera.

Está bien: puede que aquí haya estado algo avaricioso. Pero ¿cómo se supone que voy a alcanzar a Artur? Debo aprovechar cualquier oportunidad de ganar dinero.

—Oh, nada, me he torcido el tobillo —dice—. Debo tomármelo con calma durante unos días, eso es todo.

¿Han oído eso?

La oportunidad llama a mi puerta.

—¡Así que necesitará usted a alguien que pasee a Spitsy! — observo.

—Exacto —responde.

Llegamos a un acuerdo: el señor Eustis me pagará ocho dólares al día por pasear a Spitsy toda la semana. ¡Eso me bastará para comprar siete Mensatapices!

—Puedes empezar ahora mismo —me dice entregándome la correa—. Ten cuidado, Nate...

—No se preocupe, señor Eustis —le digo con seguridad—. Solo daremos un paseo hasta el parque y volveremos.

7

Todo. ESO es lo que podía ir mal...

Y no me refiero solo al paseo de Spitsy. Todo el FIN DE SEMANA ha sido un desastre. Vale, he ganado algo de dinero, así que debería estar contento. Supongo.

Creía que los perros venían con una especie de GPS de serie, pero Spitsy no. Ni siquiera conseguiría encontrar el camino para salir de una papelera. Y esta es solo UNA de las razones por las que es un desastre total como perro. Esta y algunas otras:

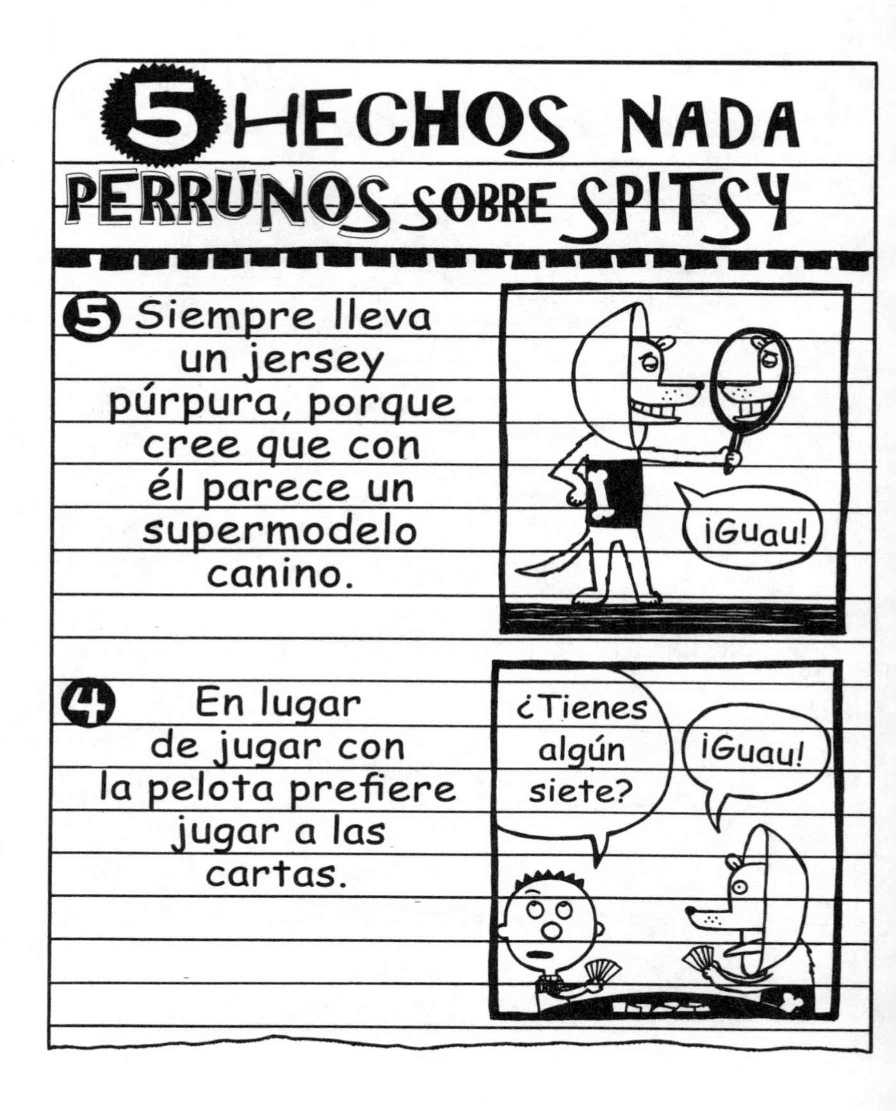

3 Las ardillas del vecindario lo acosan.
¡JI!
¡JI!
¡JI!
Siento vergüenza ajena.
2 Viene a casa para ver programas de televisión penosos con Ellen.
¡Bienvenidos al *Concurso Mundial de las Animadoras*!
1 ¡¡¡LE GUSTAN LOS GATOS!!!
¡Buf...!
PRRRRRR
Z

El caso es que enseguida comprendí por qué el señor Eustis había dicho que Spitsy era impredecible. Se pasó todo el camino avanzando en zigzag. Estuve a punto de perder la correa un par de veces.

Por eso me la até al cinturón.

¡Una combinación de cinturón y correa! Al principio me pareció una buena idea. Incluso una idea que podría DARME DINERO. Seguro que hay montones de dueños de perros dispuestos a pagar por un producto de calidad como este.

Y entonces Spitsy vio a Pickles.

Pickles es la gata de Francis. No soy un experto en gatos (de hecho, ODIO los gatos), pero sé que los hay de dos tipos: los gatos de interior y los de exterior. Pickles es una gata de exterior. Se comporta como si fuera la dueña del barrio: se tumba a dormir en medio de la calle y le echa mal de ojo a todo el mundo. Es totalmente odiosa.

¿Y saben qué otra cosa es? La novia de Spitsy. Al menos eso es lo que cree SPITSY. Cada vez que la ve, se vuelve loco de repente.

Y despegó. Y yo fui justo detrás de él. La correa nos mantenía juntos como un par de convictos, así que no tenía elección.

¿Qué me pasa últimamente con las correas de perro? La del puente me costó un monopatín. Y la de Spitsy estuvo a punto de costarme la vida.

¿Quieren un consejo? No corran contra un árbol a alta velocidad. Uno de los dos terminará teniendo un terrible dolor de cabeza. Y no va a ser el árbol.

Naturalmente la correa se soltó. Spitsy desapareció. Y adivinen quién estuvo una hora tratando de localizar a la feliz pareja.

Y luego, cuando por fin conseguí arrastrar a Spitsy hasta su casa, tuve que enfrentarme a mi padre. O, como me gusta llamarle...

Papá lo exagera todo. Así que cuando me vio con el ojo hinchado como una pelota de fútbol, naturalmente estuvo SEGURO de que había tenido una conmoción cerebral.

En realidad estaba bien. Pero estuvimos dos horas en la sala de espera de urgencias hasta que un médico se limitó a iluminarme el ojo con una linterna y dijo:

Genial. Así que, en lugar de ganar dinero, tuve que quedarme en el sofá de casa, con una bolsa de guisantes congelados en la cara. Todo el sábado perdido.

Pero aún me quedaba el domingo... Y tenía un plan infalible. Me levanté muy temprano y me pasé una hora preparando tarjetas de presentación llamativas.

Cuando todo el mundo aún dormía, recorrí el vecindario y pegué mis tarjetas en las puertas de las casas y los parabrisas de los coches.

Luego me fui a casa y esperé a que sonara el teléfono.

¡Y SONÓ!

No solo una vez. En realidad NO PARÓ DE SONAR. La señorita McNulty me contrató para que le arrancara las malas hierbas del jardín. Los Peterson me pidieron que les bajara algunas cajas al sótano. Y cuando el señor Eustis vio mi ojo morado, me pagó para que le pintara el pasamanos de las escaleras del porche (¡la debilidad del culpable!).

¡A media tarde ya había ganado casi CINCUENTA DÓLARES! El negocio iba viento en popa. Todo marchaba de maravilla.

Y entonces...

Era esa mujer que acababa de mudarse a la antigua casa de los Nelson.

—¡Sí! —le respondí—. ¡Es mi tarjeta profesional!

—Bien. Pues tengo un trabajo para ti, si estás disponible.

¡Otro cliente! Eso significaba otra oportunidad de alcanzar a Artur. Le estaba ganando terreno con cada trabajo ocasional que me encargaban.

Pero ese no era solo un trabajo ocasional.

Ese era un trabajo RARO.

Al menos había dos docenas de gnomos de jardín agrupados junto al porche. Parecía la hora del café en el taller de Santa Claus.

—Mis amigos y yo necesitamos tu ayuda —me explicó la mujer.

Esto... ¿amigos? No había nadie más en el jardín. Entonces comprendí que estaba hablando de los gnomos.

—Solo tienes que colocar cada gnomo junto a la bandera que lleva su nombre —me indicó alegremente.

¡Vaya! Ya era bastante raro que tuviera suficientes gnomos como para formar su propio equipo de fútbol. Pero ¿encima les ponía NOMBRES? Esa mujer estaba un poco chalada.

—Te pagaré veinticinco dólares —me dijo cuando entraba en casa.

Era mucho dinero. Pero no era dinero FÁCIL. Esos gnomos pesaban más de lo que parecía. Y, la verdad, eran un poco espeluznantes. Tal vez era por todas esas mejillas rosadas. O quizá por sus estúpidos nombres como Deslenguado, Patas de Gallo y Barrigudo. Da igual. El caso es que cuando ya casi había terminado…

Kevin es el Capitán Garfio en *Peter Pan*. Iba de camino a la escuela para representar la obra. Y llevaba encima la espada.

—No es más que un pedazo de madera pintado de plateado —me dijo, entregándomela—. Ten cuidado, el mango está un poco suelto.

—¡Eh! —gritó Kevin—. ¡Nate, TEN CUIDADO!

Y ESTABA teniendo cuidado. O AL MENOS eso creía yo. La espada ni siquiera rozaba el gnomo que tenía delante.

Pero el gnomo que tenía detrás no había tenido tanta suerte.

Kevin me arrebató la espada y comprobó los daños.

—¿Estás SORDO o es que eres IDIOTA? —me gritó enojado— . ¡Te DIJE que tuvieras CUIDADO!

Se alejó con paso majestuoso lanzándome una mirada por encima del hombro.

—LO SIENTO, Kevin —le dije—. Supongo que...

—Vaya, esto es una primicia —dice Francis camino de la escuela el lunes por la mañana.

—Menuda tragedia —dice Teddy—. Quiero decir para el gnomo, no para ti.

—¡Oh, pues claro que FUE una tragedia para mí! —exclamo.

—Los gnomos de jardín no TIENEN nada de interesante —se apresura a decir Teddy.

Luego señala a un grupo de chicos apiñados alrededor de un tablón de anuncios.

—¡Ohh! —exclama Francis emocionado—. ¡Deben de haber colgado la lista de los participantes en la Olimpiada de Mates!

¿Hay una OLIMPIADA DE MATES? ¡Qué divertido! ¿Y lo siguiente qué será, un concurso de puntuación?

Nos abrimos paso a codazos hasta el tablón de anuncios.

—Y a Artur también —observa Teddy.

—Y a mí también —dice una voz odiosamente familiar.

¿Acaso Gina no se cansa nunca de darse palmaditas en la espalda?

—¡Va a ser TAN divertido! —exclama.

¿Qué? ¿Dos días? Es la primera vez que Gina dice algo interesante.

—¿Y cuándo SE CELEBRA? —pregunto.

—¿La Olimpiada? Este fin de semana —dice Gina.

Ni siquiera me molesto en buscar una respuesta hiriente. ¿Han oído eso? ¡ESTE FIN DE SEMANA! ¡Es PERFECTO!

—¡Aquí dice que van a competir más de QUINIENTOS NIÑOS! —le dice Francis.

Normalmente, oír hablar de un concurso descomunal de mates sería tan interesante como ver a la señorita Godfrey oxigenándose el bigote. Pero esta vez es diferente. Por DOS razones:

¿Lo ven? Todo está cayendo en su sitio. ¡Es GENIAL!

—Hola, Nate.

—He oído que vas a ir a la Olimpiada de Mates este fin de semana —le digo, dándole una palmada en la espalda—. ¡Menuda suerte!

—Porque tendrás a GINA de compañera de equipo —le digo—. ¡Ustedes dos juntos causarán SENSACIÓN!

Artur aún parece confundido. Tendré que explicárselo mejor.

—Mira, el mes pasado fui compañero de Gina en un proyecto de sociales —le digo, poniéndole la mano en el hombro.

—Nate —dice Artur—, me sorprendes el modo en que hablar de Gina.

Sutil, ¿eh? Pueden llamarme Don Cupido. Si sigo metiendo estas ideas en la cabeza de Artur, dentro de poco él y Gina viajarán juntos al País del Amor Eterno.

Y ahora, al siguiente punto de mi lista:

Lo de los trabajos ocasionales está bien, pero hay que trabajar mucho. Y, naturalmente, no quiero que ocurra algo similar al incidente del gnomo de jardín.

La señorita Godfrey parece enojada (¡eh, MENUDA sorpresa!) y sostiene ante mis ojos una hoja de papel.

—¡Los deberes que me entregaste están LLENOS de GARABATOS! —me ladra.

Se me enciende la lucecita incluso antes de que la señorita Godfrey termine de hablar.

¡Haré mi propio cómic! Será más fácil de vender que esos dichosos tapices. Y aquí viene lo mejor: ¡gran parte del trabajo ya está HECHO! ¡ME PASO LA VIDA dibujando cómics!

Durante el resto del día, no puedo pensar en otra cosa: mi nuevo plan de negocios. Cuando suena el último timbre, ni siquiera espero a Francis y a Teddy. Me voy volando a casa, subo las escaleras como un bólido y empiezo a componer...

Habrá viejos conocidos, como este:

¡LES dará UN ataque... DE RISA!
¡EL DOCTOR CLOACA!
El doctor Cloaca recibe la visita del jefe de cirugía...
Doctor Cloaca, he recibido un informe: ¡al parecer ha hecho usted otra de sus CHAPUZAS en una operación!
¿Quién, YO?
Doctor Archy Enemigo
Tengo que ECHARLE del hospital.
¡OH, NO!
¡No puede HACERLO! ¡Un poco de COMPASIÓN! ¿Acaso no tiene... no tiene...?

Enfermera, ¿cómo se llama esa cosa roja que palpita?
Corazón, doctor.
Enfermera Maureen ← Biología
¿Podría al MENOS decirme de qué se me acusa?
Muy bien. TRAIGAN AL PACIENTE.
¡ES ÉL! ¡Este hombre es un médico de PACOTILLA!
¡Durante mi reducción de abdomen, me ha cosido el PIE donde debería tener la MANO y VICEVERSA!

Y también lo amenizaré con algunas de mis NUEVAS creaciones, como esta:

¡Luces...! ¡Cámara...! ¡RISAS!
MOE MENTO,
¡¡UN DOBLE DE HOLLYWOOD!!
Un día, rodando la peli...
J. B., ¡no puedo hacer esta escena!
¿Cuál es el problema, Moe?
Río embravecido
¡La presión de ser un doble ME ESTÁ afectando! ¡No creo que pueda saltar por esa cascada!
Ya... ¡Ya no tengo valor!
No te preocupes, Moe. Estoy aquí. Te ayudaré.
¡ACCIÓN!
¡PAF!

Al cabo de unos minutos...
¡Ay...! ¡Lo HE conseguido, J. B.!
Me he roto dieciséis huesos, se me ha perforado un pulmón y he tenido un infarto...
... Pero me he ENFRENTADO a mis miedos. ¡He hecho la escena!
Es cierto, Moe. Lo has hecho.
y, como primera toma, no ha estado mal.
¿Primera toma?
Esta vez no chilles tanto.
EL ¡FIN!

Y esto solo son algunas páginas. El libro completo será mucho MÁS largo. La cuestión es...

Lo dejaré en un número redondo: cinco dólares. Si vendo veinte copias de *NATE ¡Lo mejor de su cómic!*, ganaré cien dólares. Lo cual bastará para comprar...

Mmm... Doce no parece mucho. No si pensamos en los que ha vendido ARTUR. Pero estoy convencido de que puedo vender mucho más que veinte cómics. Veinte será solo EL PRINCIPIO.

—Um, sí, por favor —digo—. ¿Cuánto costaría hacer veinte copias de mi cómic?

Lo toma, cuenta las páginas y empieza a presionar botones de la calculadora.

Casi me desmayo. ¡Es prácticamente lo que he ganado este fin de semana! Trago saliva. Durante unos segundos, considero la posibilidad de dejarlo correr.

Pero entonces recuerdo lo asombrosos que son mis cómics.

Me saco un fajo arrugado de billetes del bolsillo y cuento detenidamente treinta y cuatro dólares. Me parece una suma elevadísima de dinero. Claro que, según dicen, hay que invertir dinero para ganar dinero.

Espero que tengan razón.

A no ser que sean uno de esos empollones que van a la dichosa Olimpiada, probablemente les pasará como a mí: huyen de las mates como de la peste.

Me explico: desde que me he gastado todo ese dinero en las fotocopias, veinte cómics por cinco dólares la unidad ya no son igual a cien dólares.

Con eso solo me alcanza para comprar OCHO tapices, no doce. Tendré que hacerlo mejor si quiero alcanzar a Artur. Tal vez debería vender los cómics a seis dólares. O siete. Pero ¿la gente pagaría tanto por un cómic?

Al terminar las clases, Gordie trabaja en la tienda Klassic Komix. También es el novio de Ellen. Ya ven... ¿Qué les PARECE?

Pero, salvo por su mal gusto a la hora de elegir novia, es un tipo simpático. Y un experto en cómics. Si hay alguien que pueda responder cualquier pregunta sobre cómics, es él.

—Acaba de llegar el último número de *Femme Fatality* y ¡es INCREÍBLE! —me dice—. Te he guardado uno.

—Gracias, Gordie, pero no he venido para comprar —le explico.

—Es mi propio cómic —le anuncio.

Lo hojea.

—Impresionante —dice con aprobación.

Hace una especie de mueca.

—No lo sé. Es demasiado para un libro de publicación propia.

—Pero ¡es muy BUENO! —observo—. ¿No podrías ponerlo en el escaparate y dejar que decida el CLIENTE?

Gordie desaparece en la trastienda mientras yo espero junto al mostrador. Entonces veo a un tipo en la tienda. Un tipo corpulento. Un tipo enorme y cubierto de PELO.

Habla solo mientras va cogiendo algunos libros de las estanterías. La verdad es que es un poco raro.

¡Se ha metido algo en la bolsa!

Me vuelvo dispuesto a correr en busca de Gordie, pero no hace falta: ya ha vuelto.

—¿Un LADRÓN? —repite Gordie—. Nate, no estaba...

—¡Sí! —grito—. ¡Estaba ROBANDO libros! ¡Lo he visto! ¡Soy un TESTIGO PRESENCIAL!

Gordie levanta la mano para hacerme callar.

—Nate —susurra—, ese es Wayne.

¿Jefe? ¿ESE? ¿El tipo que se ha quedado estancado un millón de años antes de Cristo?

—Solo estaba retirando algunos álbumes que no se han vendido —explica Gordie en voz baja.

¡Ups! Es más: ¡UPS! He metido la pata. Pero ¿cómo iba yo a saberlo? Hay que reconocer que el tipo parecía sospechoso.

—Esto… Lo siento —digo.

Parece que el Hombre de las Cavernas se ha puesto en contacto con la Godfrey que lleva dentro. ¿Qué piensa hacer, sacarse un hueso de dinosaurio del bolsillo y darme en la cabeza?

(Y, sí, SÉ perfectamente que los hombres de las cavernas y los dinosaurios no vivieron en la misma época. Es solo una MANERA de hablar.)

Se mete la mano en el bolsillo y me da un billete de cinco.

—Toma —me dice—. Te compro uno…

Oh, VAMOS. No quiero volver a ir puerta por puerta otra vez. Tardaré una eternidad. Tiene que haber otro modo de encontrar...

¡No me lo puedo creer!: ¡Nate, estás en un CENTRO COMERCIAL! ¡Esto está lleno de gente deseosa de comprar mercancía de calidad!

¡Y la calidad es mi segundo nombre!

—Pero ¡nunca ha visto un cómic como ESTE! —le digo metiéndoselo en la mano.

Lo abre por la primera página y frunce el ceño.

—¿Doctor CLOACA? —dice—. ¿Qué clase de nombre es ese?

Me devuelve el cómic.

—Un hombre con un pie por mano no debería ser motivo de mofa —dice esnifando por la nariz.

Uau. Hablando de operaciones, ¿podría alguien hacerle un trasplante de humor a esa mujer? Relájese, abuela.

Vale: plan B.

—Échele un vistazo a este —le digo pasando páginas—. Se titula «Moe Mento, un doble de Hollywood».

El tipo no dice una palabra; simplemente empieza a leer. Espero su reacción.

¿Hola? ¿Está VIVO? ¿Cómo es posible que alguien lea «Moe Mento» y no tenga ningún tipo de…?

Ups. Un momento. Está a punto de decir algo.

¿Y ya está? ¿Le ofrezco la oportunidad de leer una obra maestra del cómic y lo único que se le ocurre decir es «No lo pillo»?

Pues la verdad es que pillas MUY POCO, amigo. Prueba A: Llevas sandalias con calcetines. Lo cual te convierte oficialmente en un miembro de...

Obviamente, mis cómics son demasiado sofisticados para cierta gente. Bien. Con su pan se lo coman. El mar está lleno de peces. Solo necesito un modo de pescarlos.

¡Eso es! ¡Es la solución ideal! ¿Por qué dirigirme a los clientes uno a uno…?

¡PROBANDO! 1... 2... 3...
¡PROBANDO!
¡ESCÚCHENME TODOS! ¿LES GUSTAN LOS CÓMICS? ENTONCES MUEVAN EL TRASERO HASTA EL PUESTO DE INFORMACIÓN ENSEGUIDA Y COMPREN UN EJEMPLAR DE «NATE ¡LO MEJOR DE SU CÓMIC!». ¡RISAS ASEGURADAS! ¡CHISTES DESTERNILLANTES! ¡Y UNA AUTÉNTICA GANGA! ¡SOLO SEIS DÓLARES!
¡Y POR SIETE SE LLEVAN SU EJEMPLAR FIRMADO!
¡EJEM!
!

Oh-oh... El guardia de seguridad del centro comercial.

—¿Se puede saber qué haces, jovencito? —me pregunta enojado. Le cuesta respirar. Debe de haber venido corriendo desde la zona de los restaurantes.

—¡Muchacho, no puedes salir a la calle y ponerte a VENDER cosas! —me suelta—. A no ser que el dinero sea para la escuela o para beneficencia o...

Glups. Al señor Amistoso no le falta razón. Y esto solo ha sido el principio: se pasa los siguientes quince minutos enumerando todas las normas del centro comercial que he violado.

Finalmente, da por acabada su conferencia y me entrega un teléfono móvil.

—Llama a tus padres para que vengan a buscarte.

Por un segundo, considero la posibilidad de decirle que no TENGO padres. Ser huérfano no me parece tan malo ahora mismo.

No lo agarres, papá. No lo agarres. No lo…

—¿Diga?

—Eh… Hola, papá, soy yo.

¿Los han castigado alguna vez?

Al menos en mi familia. Conozco a niños que, cuando se meten en algún problema, empiezan: «Ooh, mis padres me han CASTIGADO».

Pero siguen viendo la tele, hablando por teléfono y usando el ordenador. Pueden HACER cosas.

No es así como funciona en NUESTRA casa. Cuando papá me castiga (observen que he dicho «me», no «nos», porque a Ellen NUNCA la han castigado), no hay tonterías: ni tele, ni teléfono ni ordenador.

Claro que papá no lo ve así. Dice que estar castigado es una «oportunidad». ¿Para hacer qué? ¿Ordenar los calcetines? Supongo que cuando uno tiene la edad de papá, estar sentado en la cama mientras la calvicie va avanzando es el colmo de la diversión.

Según él, hay un MONTÓN de cosas que se pueden hacer cuando se está castigado.

¡ESPIAR A TU HERMANA!
Nunca sabes lo que puedes descubrir... ¡porque las hermanas mayores son tan FASCINANTES!
... Así que decidí ponerme la blusa ROSA, pero ¡QUEDABA fatal con la falda! y pensé: «¿Qué voy a hacer?» y Debbie dijo: «Mándale un mensaje a Amber! ¡ELLA sabrá qué hacer!».
¡FASCINANTE Conversación!
¡SACARTE BOLITAS DE LANA DEL OMBLIGO!
La añadiré a mi COLECCIÓN!
Montón de bolitas de lana gigante →
¡TENER CHARLAS PADRE-HIJO!
¡Te he castigado por tu PROPIO BIEN!
¡GRACIAS por convertirme en una PERSONA MEJOR!

Divertido, ¿verdad? Y, encima, estando atrapado aquí tampoco puedo ganar dinero. Así que no he logrado alcanzar a Artur, ni siquiera después de que se haya pasado el fin de semana en esa dichosa Olimpiada de Mates.

Si el señor Disciplina solo me hubiera castigado por un día o dos, podría haber tenido alguna oportunidad con el monopatín. Pero ¡ya llevo una SEMANA! La única vez que estuve castigado tanto tiempo fue cuando afeité a Spitsy.

Aún no entiendo lo que hice mal. Me refiero a que ¿de qué OTRO MODO iba a quitarle todo ese pegamento?

Papá me mira muy serio cuando me acerco a la mesa.

—Nate —me dice—, si consigues pasar el día de hoy sin meterte en PROBLEMAS...

¡SÍ! ¡Soy LIBRE! O lo seré cuando salga de la escuela. Devoro mi desayuno a toda prisa, me cepillo los dientes y agarro mi mochila.

Ups. Acabo de acordarme. Esta mañana Francis y Teddy han ido más temprano a la escuela: tenían CLM.

Significa Club del Libro de la Mañana. Hickey (la señorita Hickson, la bibliotecaria) organiza una reunión del CLM un jueves de cada dos. Los niños llegan más temprano para hablar del libro que están leyendo, y Hickey les sirve jugo de manzana y rosquillas.

Yo también estaría en el CLM si papá no me hubiera condenado a la soledad más absoluta. Me pregunto qué me estaré perdiendo. Seguro que Amanda Kornblatt está hablando de otro libro sobre caballos. Si no aparece la palabra «poni» en el título, Amanda…

¿Eh? ¿Han dicho mi nombre?

Bueno, ya está bien: ¿qué pasa? ¿Por qué todos hablan de mí? No creo que sea por el episodio del guardia de seguridad del centro comercial. Eso ya no es noticia.

Veo a Teddy y Francis saliendo de la biblioteca. Ni siquiera pienso en decirles que me han levantado el castigo: lo único que quiero es preguntarles...

Estoy empezando a mosquearme.

—¿Qué les hace tanta GRACIA?

¿QUÉ? ¿TORTOLITO? Esto pinta fatal.

—¡Se ha descubierto tu secreto! —dice Teddy con una risita—. ¡Deberías admitirlo!

El vestíbulo empieza a dar vueltas.

—¿Te has vuelto LOCO? —le grito—. ¡Gina es mi PEOR ENEMIGA!

—¡No es eso lo que dice Artur! —cacarea Francis.

Me entran ganas de vomitar. ¿Saben lo que eso significa? Artur no lo pilló. No le di bastantes pistas, así que no entendió que trataba de emparejarlo con Gina...

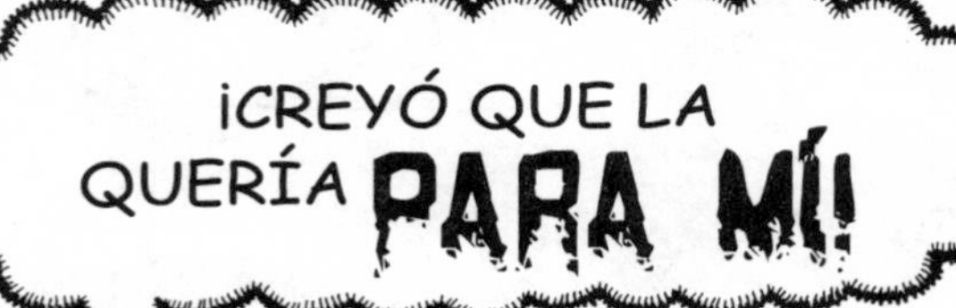

Y lo que es peor: ¡SE HA IDO DE LA LENGUA! ¡Ahora todo el mundo cree que me gusta LA PERSONA MÁS ODIOSA QUE HA EXISTIDO JAMÁS! Eh, muchas gracias, Artur.

Suena el timbre para ir a clase, pero yo no me muevo. ¿Realmente me veo con fuerzas de estar con Artur y Gina en la misma aula? Creo que no.

Pero entonces recuerdo lo que papá me ha dicho a la hora del desayuno: que me libraré del castigo...

Si no voy a clase, me ganaré un castigo. Y un castigo es un problema. Caray.

Me dispongo a ir a la clase de la señorita Godfrey.

Hickey viene tras de mí, con una hoja en la mano.

Lo reconozco al instante. Es la hoja de pedidos de Mensatapices de Artur. Y está LLENA A REVENTAR.

Le echo un vistazo rápido. Uau. El primer día vendió veinte... La noche de la representación de *Peter Pan*, catorce... Luego otros tres... Luego dos más... Cinco...

Los sumo todos.

Un momento. ¿Cuánto? Sabía que Artur estaba vendiendo mucho, pero ESTO es EXAGERADO. Siento como si me hubieran dado un puñetazo en el estómago.

—¡GRACIAS, Nate! —me dice con los ojos abiertos como platos—. ¡Ni quisiera sabía que haberlo PERDIDO!

—Y ahora adivina que yo he hecho por ti —me dice bajando la voz.

Me sonríe de oreja a oreja y asiente con la cabeza, como esperando una respuesta. ¿Qué se supone que debo decirle? Lo que está claro es que no puedo decirle la VERDAD.

—Olvídate de eso —le digo bruscamente—. Ahora me gusta otra.

Listo. ¿Es eso lo bastante claro para ti? Tal vez así consiga poner freno a esos horribles rumores de «A Nate le gusta Gina».

Gina gruñe como una comadreja rabiosa:

—No sé qué broma pesada estás tratando de gastarme...

Suelto un suspiro de alivio. Me refiero a que eso es precisamente lo que ESPERABA que me dijera, pero estaba algo preocupado. ¿Y si hubiera ocurrido ESTO?

Bien. ESO la ha dejado muda. Ya puedo concentrarme en superar este día. No hago más que repetirme las mismas palabras: ¡NADA DE PROBLEMAS!

Es agotador. Aguantar todo el día sin meterse en un solo lío es más difícil de lo que creen. Me ha faltado un pelo en clase de gimnasia. Y otro en ciencias.

Pero lo he logrado. Suena el timbre. Ya es oficial: ya no estoy castigado.

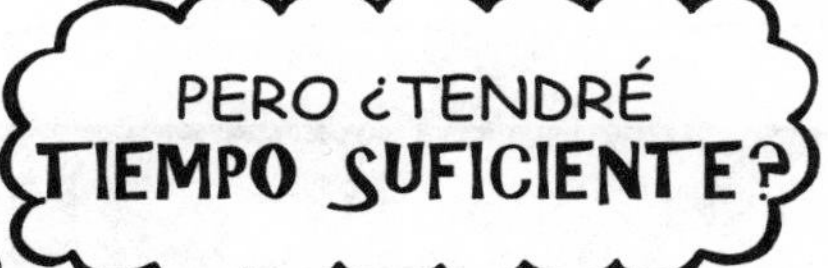

No me queda mucho. Tenemos que entregar nuestro pedido de Mensatapices en la reunión del jueves. Solo dispongo de dos días para alcanzar a Artur... Si es que consigo ganar dinero suficiente.

LISTA DE GANANCIAS

⊕ Tapices vendidos (5)	$ 40
⊕ Pasear a Spitsy	$ 56
⊕ Limpiar jardín	$ 20
⊕ Cargar cajas	$ 15
⊕ Pintar	$ 12
Total ganado ⟶	$ 143
menos dinero gastado (fotocopias)	$ 33,92
TOTAL ⟶	**$ 109,08**

En pocas palabras: va muy por delante de mí. Para ganar ese monopatín —y conseguir que Artur quede SEGUNDO por una vez en su vida— tengo que ganar más de trescientos dólares antes del jueves. Imposible.

Bueno, no. Nada es imposible. Pero la cosa está difícil. Voy a necesitar un milagro. La cuestión es...

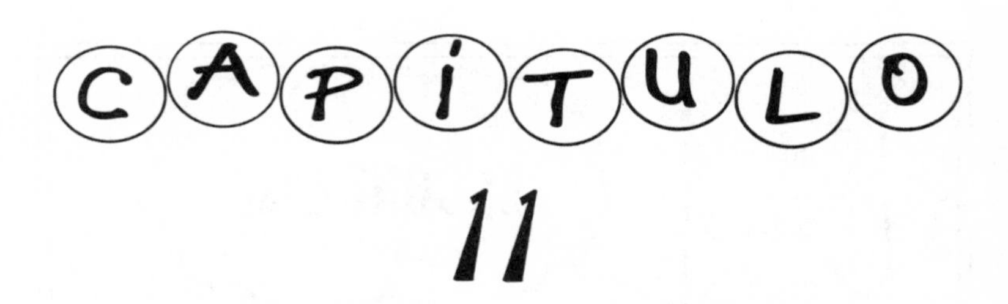

CAPÍTULO 11

Enseguida me arden las mejillas.

—Oh... ¿Te has enterado?

—Nate, secuestraste el sistema de megafonía —me dice Gordie, y se echa a reír, pero de buen rollo.

Exacto. Creo que me saltaré ese capítulo cuando escriba mis memorias. Mejor cambiemos de tema.

—¿Qué es eso? —pregunto.

—Reúne el valor estimado de los cómics de coleccionista —me explica entregándomelo—. ¡No te CREERÍAS lo mucho que se paga por algunos de ellos!

La hojeo enseguida. Creía que sabía de cómics, pero...

—Claro, Nate —dice—. Llévamela luego a la tienda.

Corro a casa.

Deprisa.

A velocidad de MONOPATÍN.

Probablemente se estarán preguntando qué está pasando. Bien, pues no estoy muy seguro. AÚN no. De momento, lo único que puedo decirles es esto:

¡Podría estar delante de mis narices!

Ese jueves, al final de la reunión de la tropa, todos entregamos nuestra hoja de pedidos al padre de Teddy.

—Chicos —nos pregunta Artur—, ¿qué es eso de jamboree?

—Es una especie de carnaval de los Timber Scouts —explica Francis—. Todas las tropas de la ciudad estarán ahí.

—Es como la Olimpiada de Mates, Artur —le aclaro.

Vienen a buscar a Artur.

—¡Bueno, esperar llevarme algún premio!

—¿Que ESPERA ganar algún premio? —repite Teddy—. Con la de tapices que ha vendido...

—Yo no estaría tan seguro, muchachos —digo—. Puede que tenga COMPETENCIA.

—Así ES...

Francis y Teddy parecen confundidos. Eh, no los culpo. Yo TAMPOCO había oído hablar de *Zumbido Boy*... hasta que fui a ese rastrillo el otoño pasado.

—¿Así que compraste algunos cómics antiguos cubiertos de moho? —dice Francis—. ¿Y qué tiene eso que ver con recaudar fondos?

—Tranquilo, Francis, ¡es una historia muy larga! —le digo. Le hablo entonces de Gordie y de su guía de precios.

No me lo podía creer: ¡MIL DÓLARES! Estaba casi SEGURO de que tenía ese mismo cómic en mi armario. El problema era que no sabía si podría ENCONTRARLO.

Tuve que remover cielo y tierra. Pero al final…

¡*Zumbido Boy*, álbum n.° 12!
Coincidía con el de la lista a la perfección.
¡¡¡Mi cómic de 50 centavos era una PIEZA DE COLECCIONISTA!!!

—Fin de la historia— digo.

—No, ¡el jefe de Gordie dijo que no estaba muy bien conservado! —explico—. La cubierta estaba un poco rasgada...

—Pero aun así me pagó mucho, TAL VEZ lo bastante como para ganar ese monopatín.

—Si lo que querías era un monopatín, podrías haberte COMPRADO uno con el dinero de *Zumbido Boy* —observa Teddy—. No tenías que gastártelo todo en tapices.

—Pero entonces no habría recaudado nada para los Timber Scout —le recuerdo.

—Bueno, y ¿cuánto has recaudado? —pregunta Francis.

—Si lo digo tal vez traiga mala suerte —observo.

El sábado por la mañana, Francis y yo vamos al campo de fútbol donde se celebra el jamboree. Paseamos por allí echando un vistazo a las atracciones hasta que encontramos a Teddy y a los demás.

Y entonces Artur empieza a fastidiarme.

¡ZING!
¡Muy bien, Nate!
¡PLOP!
Ahora TÚ, Artur.
Vale.
¡ZIP!
¡Artur! ¡Se supone que tienes que lanzar DESDE ABAJO!
¡CLANG!
¡Muy bien!
¡GENIAL, Artur!
¡Ha sido solo un golpe de suerte!
¡Y QUE lo digas!
¡Mira! ¡Un minigolf!

Observen y aprendan, amigos.
¡CLIC!
¡AY...! ¡Por un PELO!
¡Atención, Nate! ¡Ahora tira ARTUR!
¡Ups! ¡Demasiado fuerte!
¡SMAK!
¡TONG!
¡CLUNG!
¡DIRECTO al HOYO!
¡Eres INCREÍBLE, Artur!

¿Ven lo que quiero decir? Incluso cuando no tiene ni idea de lo que hace, las cosas le salen bien. Es tan...

Ups. Ese es el jefe de los exploradores. Puede que haya llegado el momento.

Sí, eso es. El estómago me da un vuelco. TAL VEZ haya conseguido dinero suficiente para vencer a Artur. O quizás ha vendido un montón de Mensatapices más desde que vi su hoja de pedido el martes. Y ¿quién sabe? Puede que algún chico de otra tropa haya vendido más que LOS DOS.

—Tercer premio, un kit para construir un robot, es para...

Un aplauso de cortesía. Josh avanza unos pasos y recoge su premio. Doy unas cuantas palmadas más. O eso CREO. Estoy tan nervioso que ni siquiera me siento las manos.

—Y ahora, los ganadores de los dos primeros premios... Pausa.

—Artur Pashkov y Nate Wright, ambos de la tercera tropa. ¡Vamos, acérquense, muchachos!

Todo el mundo aplaude. La gente nos empuja hacia el podio. Estoy como aturdido. Así que ¿eso es lo que he conseguido después de dos semanas de esfuerzos para vencer a Artur? ¿Un EMPATE?

—¡Estos dos scouts han vendido CINCUENTA Y OCHO tapices CADA UNO! ¡Ambos se merecen el gran premio! —anuncia el jefe de los exploradores cuando llegamos al podio—. Pero ¡solo puede haber UN GANADOR!

¿Qué? ¿En serio? ¿Así es como vamos a decidir quién se queda con el monopatín? Jugándonoslo a cara y cruz, yo...

Tengo el 50 % de posibilidades de ganar.

Pero no me siento así. No con el señor Suertudo por contrincante. Más bien tengo la sensación de tener una posibilidad entre diez. O una entre CIEN. El jefe de los exploradores me mira y dice:

—Elige, jovencito.

Y, antes de darme cuenta, la moneda ya está en el aire.

—¡Cara!

¿Cara? Entonces... ¿he ganado?

—Y Nate... —dice el jefe de los exploradores.

—¡... Junto con el certificado de que ha sido pintado especialmente en Ben's Board & Wheel!

—Gracias —consigo decir alargando la mano hacia el monopatín. Mi monopatín. No puedo dejar de mirarlo. ¡Supongo que Artur NO SIEMPRE gana! De pronto, se planta junto a mí, tendiéndome la mano.

—Bien trabajo, Nate —dice.

No sé si realmente lo piensa o no. ¿Ven lo raro que es este Artur? Acaba de perder algo que ha trabajado mucho para conseguir... y, a pesar de ello, actúa como si estuviera CONTENTO. Es raro.

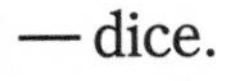

—¡Los invito a todos a mi casa para probar el telescopio! —dice.

—Vayan andando, Artur —le digo.

NATE EL GRANDE
¡YA LLEGA
NATE EL GRANDE
VA A POR TODAS!
¡SI QUIEREN
VER UN ADELANTO,
PASEN LA PÁGINA!

No soporto la escuela Jefferson.
¿Por qué? Pues porque en mi escuela, **TODO EL MUNDO** odia la escuela Jefferson. Son **NUESTROS** archirrivales. O al menos así es como los vemos. Claro que los alumnos de Jefferson son de otro parecer.

Y ahora viene lo peor: tienen **RAZÓN**. Jefferson nos gana en **TODO**. Sus atletas son más atléticos. Sus músicos son más musicales.

JEFFERSON 14.500
MI ESCUELA 3
Wesley
Donald
COPA DE MATEMÁTICAS
Artur
Gina

¡Incluso sus frikis de mates son más frikis!

Lo que dio la puntilla fue el partido de básquet que jugamos contra la escuela Jefferson en el campeonato anual.

DISCURSO PRE PARTIDO

¡Podemos MACHACARLOS! ¡SÉ que podemos!

Entrenador Calhoun

DISCURSO POSTPARTIDO

¡Perder por 53 puntos tampoco está tan mal!

Son muchos los que creen que **NUNCA** encontraremos el modo de vencer a los de la Jefferson. Pero yo no soy uno de ellos. He tenido una idea brillante...

¡... Y los de la Jefferson no saben la que se les viene **ENCIMA**!

¿Quieren saber cuál es mi plan? ¡LEAN ***NATE EL GRANDE VA A POR TODAS*** y lo descubrirán!

«Con Nate te lo vas a pasar en grande.» —Jeff Kinney, autor del Diario de Greg

NATE EL GRANDE

VA A POR TODAS

Lincoln Peirce

MOLINO

Lincoln Peirce

Es dibujante, guionista y creador de la exitosa serie de libros *Nate el Grande.* También es el creador de la tira cómica *Nate el Grande,* que aparece en más de doscientos periódicos de Estados Unidos y, diariamente, en www.bignate.com. *Nate el Grande* fue seleccionado para la Lista de Mejores Libros de 2010 de *Horn Book Magazine* y estuvo entre los *Top Ten* de BarnesandNoble.com. *Nate el Grande* se publicará asimismo en diecinueve países, entre los que se encuentran Alemania, Brasil, Canadá, China, Dinamarca, España, Francia, Grecia, Holanda, Indonesia, Israel, Italia, Japón, Polonia, Portugal, República Checa, Rumanía, Taiwán y Turquía, y se traducirá a veinte lenguas.

Echen un vistazo a la Isla de Nate el Grande en www.poptropica.com. Y visiten www.bignatebooks.com, donde encontrarán juegos, blogs y más información sobre la serie de Nate el Grande y su creador, que vive con su esposa y sus dos hijos en Portland, Maine.

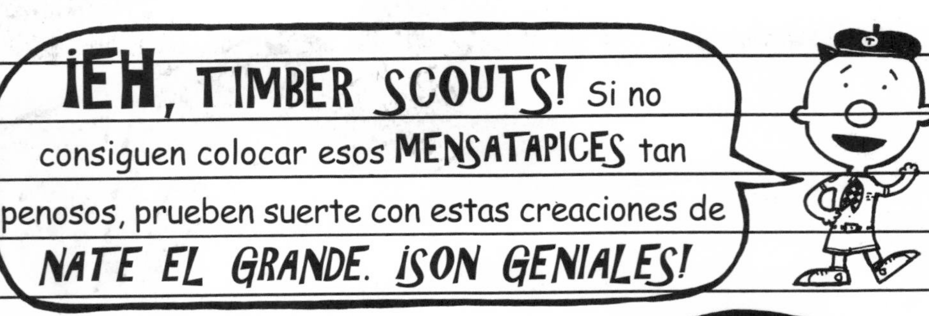
¡EH, TIMBER SCOUTS! Si no consiguen colocar esos MENSATAPICES tan penosos, prueben suerte con estas creaciones de NATE EL GRANDE. ¡SON GENIALES!

DIBUJAR ES
¡COMO RESPIRAR!
MATES

YO
GANCHITOS DE QUESO
BIBLIOTECARIAS
PFFFT!
SILENCIOSAS pero MATADORAS

P N A T E C
W M F L M S
S E O G N B
U H T L A L
I E W Y A R
L U B M D E
¡LÁNZATE!

Conoce a los timber scouts de la

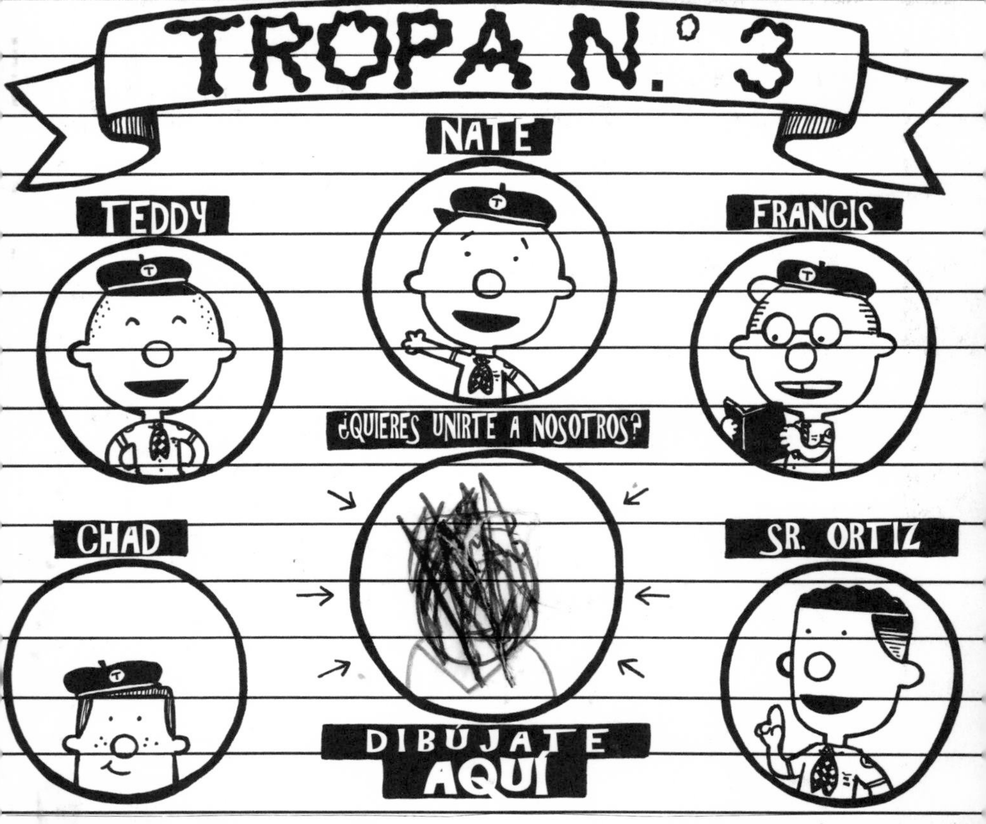

Y este es nuestro miembro ~~más insoportable~~ más nuevo...

UN TIMBER SCOUT ES...

- afable
- servicial
- trabajador
- valiente
- responsable
- respetuoso

ARTUR

ARTUR ES...

- afable
- servicial
- trabajador
- valiente
- responsable
- respetuoso
- ★ ¡ODIOSO!